U0106155

老鼠記者 Geronimo Stilton

穿越時空鼠 4
勇闖冰河世紀

作　　　者：Geronimo Stilton　謝利連摩·史提頓
譯　　　者：董斌
責任編輯：胡頌茵
中文版封面設計：蔡學彰
中文版內文設計：劉蔚
出　　　版：新雅文化事業有限公司
　　　　　　香港英皇道 499 號北角工業大廈 18 樓
　　　　　　電話：(852) 2138 7998
　　　　　　傳真：(852) 2597 4003
　　　　　　網址：http://www.sunya.com.hk
　　　　　　電郵：marketing@sunya.com.hk
發　　　行：香港聯合書刊物流有限公司
　　　　　　香港荃灣德士古道 220-248 號荃灣工業中心 16 樓
　　　　　　電話：(852) 2150 2100　傳真：(852) 2407 3062
　　　　　　電郵：info@suplogistics.com.hk
印　　　刷：C & C Offset Printing Co., Ltd.
　　　　　　香港新界大埔汀麗路 36 號
版　　　次：二〇二〇年十月初版

親愛的鼠迷朋友，
　　歡迎來到老鼠世界！

謝利連摩·史提頓

Geronimo Stilton

老鼠記者 Geronimo Stilton

穿越時空鼠 ④

勇闖冰河世紀

謝利連摩·史提頓
Geronimo Stilton

新雅文化事業有限公司
www.sunya.com.hk

這就是我和我的家鼠們，當然，還有伏特教授。

親愛的鼠迷朋友們：

　　我的名字是史提頓，謝利連摩·史提頓。你們現在閱讀的是我的旅行日記。

　　伏特教授邀請我和我的家鼠們，和他踏上一場不同凡鼠、獨一無二、精彩絕倫的穿越時空旅行，我們探索歷史秘密的旅程就這樣開始了。

　　你們想知道我們去了哪裏嗎？

　　那趕快來閱讀我的精彩故事吧！

謝利連摩·史提頓

12 月 8 日

〈 人物介紹 〉

在本書裏，我將向你們講述我畢生難忘的穿越時空冒險之旅。現在，讓我來介紹一下我的小伙伴們吧！

菲‧史提頓

菲，我的妹妹，她活潑好動，有着用不完的精力。她是我經營的《鼠民公報》的特約記者。

班哲文‧史提頓

班哲文，我的姪子。他溫柔體貼，聰明伶俐，惹人喜愛，是世上最可愛的小老鼠！

賴皮‧史提頓

賴皮的性格真是讓人無法忍受！他總愛找我玩笑，並且樂在其中。不過，看在他是我表弟的分上，我還是很愛他的！

伏特教授

伏特教授是一位天才發明家，他總是在進行各種古怪的科學實驗。這次旅行中乘搭的時光機，就是他的傑作！

潘朵拉‧華之鼠

她是班哲文最好的朋友，一個活潑開朗的女孩……不過有時候她也會讓你抓狂！我必須承認的是……她非常可愛。

目錄

我是史提頓，謝利連摩·史提頓……

親愛的鼠迷朋友們，我是史提頓，*謝利連摩·史提頓*。

我經營着老鼠島最受歡迎的報紙——《**鼠民公報**》！

話說……話說……話說那天晚上，我從辦公室出來，累死了，累極了，**累得不得了**！我穿梭於妙鼠城——我居住的城市，往家走着……

終於到家了！

到家之後，我鎖好門，心滿意足地自言自語道：「終於到家了！」

 我細細品嘗着塗上乳酪的**果醬餡餅**……

喝了一杯**洋甘菊花茶**……

 然後**刷了牙**……

接着，穿上我最喜歡的**睡衣**……

 穿着**拖鞋**來到牀邊……

鑽到 被 子 裏……呼呼大睡起來。

 當我就寢的時候，時間已是晚上十點了！

突然，電話**響了起來**，嚇得我立刻彈起來。

我驚魂未定地吱吱叫起來：「以一千塊莫澤雷勒乳酪的名義發誓，誰會在這個時間給我打電話呀？」

謝利連摩摩摩摩摩摩！

一把極其熟悉的聲音從電話裏傳來：「*謝利連奴——！*」

我歎了口氣。

我聽出了是誰：是我的表弟**賴皮**！

我說道：「你好啊，賴皮。拜託，你能否叫我謝利連摩——我真正的名字嗎？」

「好的好的好的，*謝利連摩摩摩*，你在幹什麼呀，睡覺嗎？」

「現在醒了，」我嘟嘍着說，「對了，我的名字是**謝－利－連－摩**。」

他壞笑道：「知道了，*謝利連摩*。」

我正要抗議，賴皮卻接着說了起來：「言歸正傳，我打電話過來，是想約你明天早上 9 點在**珍珠**

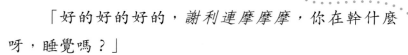

廣場見面，我在廣場角落的書店等你。」

　　我打了個呵欠，說：「好吧，那我們明天早上見。

我要繼續睡覺了，**晚安**。」

　　我掛了電話，繼續去睡。但是，沒多久，到了

十一點的時候……

　　電話再次**響了起來**。

　　我呵欠連天地接聽電話：

「喂，我是謝利連摩‧史提

頓……」

　　「嗜喱，我是你的表弟賴

皮！我怕你沒聽明白，想和你確認

一下，珍珠廣場是體育館後面的**那片**

廣場，中間設置了一座雕塑的**那片**廣場……書店是

位於角落的**那家**書店，你應該不會走錯，就在鞋店

和**乳酪冰淇淋店**中間！」

　　我氣得鼻子噴氣：「我知道約定地點的位置！

如果你不介意的話，我現在要睡了！」

　　我掛斷了電話，再次睡了起來。

15

我再次醒來的時候，正好是午夜時分，因為電話又**響了起來**！

我再次接聽電話：「喂，我是謝利……」

電話那一端還是我的表弟賴皮，他滔滔不絕地說道：「謝利連摩，我怕你忘了我們明天的約會，所以打電話過來。你設定了鬧鐘嗎？你要知道，不設定鬧鐘的話，很容易睡過頭，最後……」

「我已經**設定好鬧鐘了！！！**」我扯開嗓子大喊道。

他壞笑道：「你去喝一杯洋甘菊花茶吧！我覺得你有些**精神緊張**。」

「我才沒有！而且我已經喝過洋甘菊花茶了！說實話，我剛才睡得正香……」

凌晨三點，我的表弟又給我打了一通電話。

「謝利連摩米諾，我來**考考你**：

1）你明天要見**誰**？

2）**在哪裏**見面？

3）**幾點鐘**見面？」

我怒氣衝天地叫起來：「你！珍珠廣場！上午九點！」

他吱吱說道：「對啊，沒想到你這麼聰明。」

我氣得要**爆炸**：「求你了，讓我再睡一會行嗎？」

真被他 煩 死 了 ！

真可惡！

清晨六點，電話再次**響起了**。

我抓起聽筒……半睡半醒中，被它砸到了頭！

叮鈴！

叮鈴！

叮鈴鈴！

哎呀！

我的腦殼震得嗡嗡響，就像是走了調的鈴鐺。

我口齒不清地說道：「喂……喂，哪……哪位啊？」

我的表弟在聽筒裏叫起來：

「**快醒醒，快起來來來來來來來來來來吧!!!**

該起牀了，如果你想上午九點準時去到珍珠廣
場的話！你可不想遲到，對吧？」

18

　　我抗議道：「珍珠廣場離我這兒只有幾個巴士站遠！」

　　賴皮堅持道：「不怕一萬，就怕萬一……誰知道你做早餐的時候會不會**燒到**鬍子，然後把牛奶**灑了一身**，不得不從頭到腳換上新的衣服！或者你坐的巴士輪胎**洩氣了**，再或者你一腳踩到香蕉皮、扭傷了腳爪……呃，在你身上，一切皆有可能！你可是一個十足的倒霉鬼，親愛的*謝利連摩*表哥！」

　　我太累了，懶得和他爭辯，只好有氣無力地回答道：「*好吧，我明白了，我現在就起牀！*」

喂，你能不能有點良心？

真是**糟糕**的一晚，我覺得渾身疲憊！

我的表弟根本不讓我安心睡覺。要知道，我每晚至少要睡上**八**小時！我必須打起精神，我可是隻**大忙鼠**！

我迷迷糊糊地洗好臉，穿上衣服，還好沒惹出什麼亂子。

外面一片漆黑。我看了看手錶，現在才是早上七點正！和賴皮見面之前的這兩個小時該怎樣打發？不過，既然我已經完全醒來了⋯⋯

那就去公園散散步吧！

看着沉睡的城市慢慢醒過來，也是一件美事！

接着，我來到經常光顧的報刊亭，買了幾本雜誌，然後決定前往金奶油——妙鼠城**最好的麵包店**，獎勵自己一頓不同「凡鼠」的早餐！

　　我必須打起精神，我可是一隻**大忙鼠**呢！

　　我喝了一杯兩倍濃縮的意式泡沫咖啡，咖啡上加了一份乳酪碎……

　　然後，又細細品味了一杯混了**古岡左拉乾酪的梨汁**。

　　吃了四塊乳酪蛋黃夾心的**巧克力**……

　　呃，我剛才説過了……我必須打起精神，我可是一隻**大忙鼠**呢！

　　經過散步和享受了一頓豐盛的早餐後，這些都讓我感覺得舒服多了。

21

可怕的 飲料

　　原來，賴皮頭腦發熱，竟想當一名發明家、科學家，就像**伏特教授**一樣！

　　我正想說些什麼，賴皮卻先開了口：「謝利連摩，瞧瞧你表弟發明了什麼！沒想到吧，嗯？我會變得**富有，非常富有，超級富有！**」

　　我對此不感興趣，研究**科學**可不是為了賺錢！

　　我正想說些什麼，他卻把一個啤酒杯遞到

我面前，裏面裝着臭烘烘的綠色液體，看上去十分可怕。

「來吧，喝了它，看在科學研究的份上！我不能就這樣投入市場，萬一有老鼠喝了之後身體**不舒服**呢！所以必須找一隻老鼠試驗一下我偉大的發明！」

我氣憤地說：「為什麼偏偏選中了我？誰知道你在裏面放了什麼！萬一我喝了以後覺得身體不舒服，你心裏過得去嗎？」

他並不在意，堅持道：「來吧，別胡思亂想！喝了它，謝利連奴！」

來吧，喝了它！

話音剛落，我爆發了：「夠了！我最後告訴你一遍，我叫謝利連摩，你記住了嗎？

謝利連摩！！！！！！！！！！」

　　我張大嘴巴抗議，賴皮竟然趁機捏住我的鼻子，把杯子裏的液體全都灌到我的嘴巴裏。啊啊啊啊，真是**太難喝了**！

　　我眼神發呆，一動不動站在那裏。

我驚恐萬分，結結巴巴地問道：「接⋯⋯接下來，我身上會⋯⋯會發生什麼變化？」

　　「呃⋯⋯説實話啊⋯⋯我也不知道！」我的表弟回答道，「所以我才讓你試試，真是不好意思。也許它能讓你長出**頭髮**，也許讓你長出**綠色的癤子**，或者能**治好你腳上的雞眼**，又或者⋯⋯」

　　「什麼？？？？」我尖叫道，「你的意思是，你不**知道**這杯飲料會引起什麼反應？那你起碼**知道**裏面添加了什麼吧？」

30

他回答道：「呃，添了一點這個，又添了一點那個……」

我實在**聽不下去**了：「你真的以為自己是科學家嗎？」

這時，我突然打了一個飽嗝：**嗝——！**

我的肚子咕咕叫起來，臉上也開始發癢……

也許它能讓你長出頭髮……

也許讓你長出綠色的癬子……

或者能治好你臉上的雞眼！

31

並不科學的科學實驗！

我趕忙跑到鏡子前，接着發出一聲絕望的慘叫。

我的臉上長滿了綠色的癤子！

我一邊瘋狂地撓着臉，一邊責備賴皮：「看看你所謂的科學實驗都幹了什麼好事！」

趁他還沒來得及在我身上做其他的實驗，我趕緊逃走了。

我攔下一輛的士，直接來到《鼠民公報》大樓。我關上辦公室的門，並告訴秘書我誰都不想見，無論發生了什麼。

我那好心腸的秘書給我買來了藥膏。塗上藥膏後，我身上的癤子消失了，也不再發癢了。

我長舒一口氣。就在這時，我聽見有鼠在敲門。

就在道路盡頭的空地上，我看見通向廢棄**金**礦的入口。菲和潘朵拉一直嘰嘰喳喳地談論着菲新買的珍珠刺繡牛仔褲，而我在黑暗之中隱約看見**伏特教授**的身影。教授示意我們不要作聲。

　　我們跟着他往礦洞裏走，然後登上破舊的**礦車**，在軌道上高速滑行。滑了一半的距離後，礦車開始急速**落下**。之後，我們搭上一座**水晶電梯**，繼續向下探索。電梯門打開後，一扇塗着黃色油漆的金屬大門出現在我們面前。

嘩啊！

嘩啊啊啊！！

救命！！！

37

門的旁邊擺着一個 **紅白** 相間的告示牌，十分顯眼。牌子四周還裝有古怪又 **神秘的** 設備。

　　伏特教授低聲說道：「接下來，我的朋友們，請欣賞我專門研製的 **保安系統**！只有我才能打開這扇門，因為那是通過生物識別的系統裝置。」

員工專用入口
閒雜鼠等禁止入內

虹膜識別器

DNA檢測器

指紋識別器

一把機械聲音響了起來：「生物識別即將開始，請準備就緒……」

伏特教授把**眼睛**貼到一個奇怪的設備前，它正在檢查教授的虹膜。過了一會，他將**右**手爪的手指按在輸入板上，讓它分析指紋。

最後，一個特殊的設備從教授臉上揪下一根鬍鬚，檢查並識別出他的 **DNA**＊——他的遺傳密碼。要知道，每隻老鼠的遺傳密碼都是獨一無二的。

這個聲音繼續說道：「識別完畢：你是伏特教授本人！歡迎回來，教授。」

不知哪裏傳來「噢」的一聲，接着響起了金屬碰撞的「咔嚓」聲——大門拉開了，伏特教授的超級神秘實驗室出現在我們眼前！

我們走了進去，心裏緊張得怦怦直跳。在實驗室裏，堆放着各種千奇百怪的機器，它們正在隆隆

＊DNA，即脫氧核糖核酸，載着生物的遺傳指令。

作響：**轟轟轟**……

我好奇地問道：「教授，這一次穿越時空之旅，我們要乘坐哪台機器啊？」

教授**自豪地**宣布道：「乘坐我最新發明的穿越時空之旅機器！跟我來，我讓你們瞧瞧！」

他把我們帶到一個不起眼的角落裏，按下按鈕，緊接着從地面上升起一扇**怪模怪樣**的圓形大門，四周還圍繞着兩個鈦金屬做成的圓環。這扇門顫動着，好像有了生命。我把耳朵貼過去，發現它竟然在滋滋響：**滋滋滋滋滋**！

門的內部使用了一種特別的材料，像水晶一樣**透明**。我用手指輕輕碰了碰，發現它像果凍一樣，軟乎乎的……

伏特教授嚴肅地宣布道：「朋友們，請欣賞我的最新發明……此次旅行，我們不用乘坐**時光機**，只需要穿過這扇……**時空大門**！」

班哲文大吃一驚：「嘩，太酷了吧！」

42

選擇時代

在第三階段，隧道應該準確
通向預先選擇好的時期……

橙色按鈕：冰河時期

白色按鈕：古希臘時期

藍色按鈕：文藝復興時期

黃色按鈕：妙鼠城（現今）

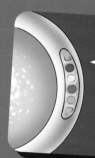

選擇不同
時期的
按鈕

前往過去的時代，
開始冒險吧！

　　我把這些重點記下來，然後把字條裝在口袋裏，方便隨時翻看。

　　伏特教授繼續講解道：「此外，還有幾個按鈕，它們分別設定了幾個不同的歷史時期。你們從 **橙色** 按鈕開始，首先來到猛獁象生活的冰河時期，**白色** 按鈕是古希臘時期，而 **藍色** 按鈕則是文藝復興時期。」

　　我問道：「那 **黃色** 按鈕是前往哪個時期呢？」

　　伏特教授吱吱答道：「那個按鈕最重要，按下它，你們就可以 **回家** 了！」

　　我自言自語道：「看來黃色按鈕才是我最喜歡的……」

　　教授 **若有所思地** 捲起鬍鬚：「呃，關於這些按鈕……我需要提醒你們一件重要的事，不過我忘了是什麼！」

　　我從口袋裏掏出字條，吱吱說道：

> 「提醒謝利連摩這些按鈕非常脆弱，
> 告訴謝利連摩既不能太用力，
> 又不能連續多次按下，否則按鈕會失靈！」

會發生什麼情況？

我**憂心忡忡**地嘟噥着說：「……萬一按鈕真的失靈了，會發生什麼情況？」

伏特教授嚴肅地回答道：「你們將會**被困**在過去的時代，直到永遠，再也回不了家！」

伏特教授頓了一下，深深望着我們的眼睛，說道：「穿越時空之旅本來就是一件危險的事，所以朋友們，你們考慮好了嗎，決定出發嗎？」

我們異口同聲地說：

「**當然啦！！！！！！**」

「**太好了！！！！！！**」

「**這一定會是個難忘的旅程！！！**」

「**快，快出發吧！！！！！！**」

我有些不情願：「但是……呃……實際上……我……我有點害怕！其實，我怕得要死！

你們不覺得這太 危險了嗎？

要是按鈕 壞掉那怎麼辦？

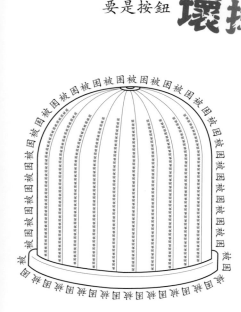

要是我們全部 被困 在過去的時空可怎麼辦？」

伏特教授走到我身邊：

「你說的沒錯，謝利連摩，穿越時空之旅是很危險！但是你去想想，你將會收穫多少珍貴的知識……多少不一樣的經歷……」

聽到這裏，我也同意了：「好吧，教授，你的話打動了我。這場時空之旅，我準備好了！」

他把一隻手爪搭在我的肩膀上：「謝謝你，謝利連摩，我就知道你是一隻值得信賴的老鼠！啊，我差點又忘了……你們收下這些耳機，它們裏面安裝了**微型晶片**，可以幫助你們翻譯當地的語言！在送你們離開之前，我還有最後一件事，我準備了新鮮的梨子乳酪口味混合飲料，以及一些零食……」

吧唧！

乾杯！

好好慶祝一下！

太棒了！

不錯！

我的心情激動不已。

穿越時空之旅可是千載難逢的好機會！

這次旅程中，有什麼有趣的事情在等待着我們呢？

我們會遇到什麼危險？

我們怎樣才能渡過難關？

我的心臟在胸口劇烈地跳動：

「怦怦 怦怦 怦怦 怦怦 怦怦 怦怦 怦怦 怦怦 ！

我們把袋子背在肩膀上，裏面裝的是抵達後需要更換的服裝。我按下橙色的按鈕，它將帶我們前往猛獁象生活的年代。時空大門「嗡嗡」響起來，門內透明膠狀的空間中出現了一條通道……

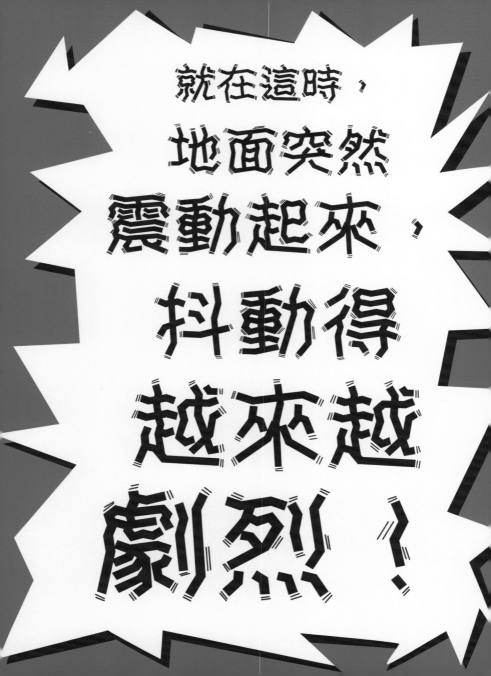

我驚恐地叫起來：「地震了！」

班哲文尖聲說：「不是，謝利連摩叔叔，不是地震，是有東西正朝我們跑過來了！」

「不是，好像是一些飛奔中的動物！」菲叫道。

「不是，這更像是一羣在飛奔的野獸！」潘朵拉叫道。

「不是，這應該更像是一羣在飛奔的大型猛獸！」賴皮叫道。

「不是，這更像是一羣在飛奔的巨獸！」我叫道，「衝向我們的是……猛獁象！！！」

「救命啊！快逃啊！」

猛獁象

約500萬年至3,500年前，第一批猛獁象生活在地球上。牠們是一種體形巨大的草食性動物，身高約三米，身長大於四米。牠們長有滿身濃密的毛髮，象牙又長又彎。

我們**跑啊跑，跑啊跑，跑啊跑，跑啊跑啊跑啊跑啊跑啊跑啊跑啊跑啊跑啊跑啊跑啊跑啊跑啊跑啊跑啊跑啊跑啊跑……**

不過，和**猛獁象**的龐大爪子相比，我們的腳爪實在是太小，太小太小，太小太小太小了。我們拚命拔腿狂奔，彷彿腳下踩着風火輪，可是那些猛獁象卻離我們**越來越近**。

牠們很快追上我們，大爪子上的紅色毛髮清晰可見。

我的腦海裏閃過一個可怕的場景，再過一會，我們就會變成老鼠**肉醬**！牠們會把我們踩個稀巴爛！！！

老鼠肉醬

原始人的日常生活

冰河時期

在更新世(約 1,800,000 年至 10,000 年前),氣溫持續下降,極地冰川蔓延到了歐洲和北美洲的大部分地區。這一現象被稱作**冰川作用**,它宣告着**冰河時期**的來臨。

然而,有些地區並沒有遭到冰雪的侵襲,比如說**草原**和**森林**,在那裏生活着野生動物,以及我們的祖先。

這些原始人類**四海為家**,換句話說,他們經常搬家。他們以打獵、捕魚,採摘果子、草葉和樹根維生。

漸漸地,他們學會加工**燧石**(一種可以打磨成利刃的特殊石頭)、**骨頭**和**象牙**,並製造出打獵時使用的工具,比如說**拋射類石器——魚叉**和**標槍**。它們和長矛差不多,不過常用來捕魚。

原始人吃什麼?

他們吃抓來的**動物**和**魚類**,或者食用**水果**和遍地生長的野樹**樹根**。馬鹿、黇鹿、野兔、猛獁象、旱獺、熊、馴鹿,都經常出現在原始人的餐桌上。

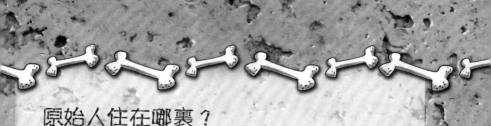

原始人住在嘟裏？

起初，我們的祖先住在山洞裏，之後搬到野外的**帳篷**裏。他們習慣把帳篷搭在山洞附近，下雨的時候，他們就可以躲到山洞裏避雨。

原始人的**屋子**呈圓形，十分寬敞。他們將猛獁象和其他大型動物的骨頭固定在木杆上，搭建起屋子的骨架，再在上面鋪好獸皮。

根據不同的功用，屋子的內部空間被劃分成不同的區域。原始人在屋外處理食物，放在門口的兩塊大石頭就是他們的爐灶。想要做東西吃，可少不了**火**的幫忙。想要生火，他們會摩擦木棍，或者用石頭不斷撞擊黃鐵礦——一種自然界中隨處可見的礦石。

男性服飾

在冰河時期末期，原始人已經學會處理捕獲所得的動物毛皮，並把它做成衣服。他們把獸皮鋪平，用燧石摩擦皮料表面，接着將皮料縫到一塊，做成衣服、鞋子。

戰士

部落首領

男孩

「我想吃東西！！！！**我的史前肚皮已經餓得咕咕叫了！**」

這時，一隻抱着孩子的婦女鼠走了過來，她對丈夫說：「你不該這樣對待他們。多虧了他們的幫助，我們的孩子才不至於**餓肚子**！恩鼠們，請到我們的帳篷裏做客，雖然我們的食物不多，但是我們樂意和你們分享！」

說完，她**掀開**獸皮讓我們進去：

請進，我們的家就是你們的家！」

謝謝！

請進！

當首領的妻子給我們準備食物的同時，我**打量**着周圍的環境……

只見整座帳篷被猛獁象的骨頭支起來，上面鋪着猛獁象的毛皮，內部的飾品和器具也都是用**猛獁象**的骨頭做成的。

角落裏堆放着猛獁象的毛皮，那就是他們簡陋的牀鋪。牀的旁邊有一個猛獁象骨頭做成的衣架，上面掛着猛獁象毛皮做成的衣服。一個年幼的孩子在角落裏呼呼睡着。他被裹在柔軟的**獸皮**裏，那既是他的被子，又是他的搖籃。

剛才這裏的原始鼠看到那頭猛獁象，簡直喜出望外，我現在終於明白了其中的原因了。猛獁象既是他們的**食物**，又可以用來製造**工具**、**服裝**，甚至還可以……造出一個房子！

我的前面擺放着幾隻碗以及不同材質的容器：木頭做的、樹皮做的、骨頭做的……

我看見在一塊**大石頭**上還有一些簡陋的石製刮刀、形狀各異的魚叉、好幾塊尖銳的燧石，以及

用來**磨刀**的石頭。

　　首領妻子面帶微笑，把幾隻木碗遞到我們面前。碗裏裝着冒煙的熱湯，那是以樹林中採摘的**漿果**烹煮的。

　　「雖然這並不夠吃，但是能夠和你們一起享用，我們覺得十分開心！」

　　我向她道謝，然後品嘗了這份簡單美味、用**心**烹調的食物。

嘿喲嘿喲……
拉啊！

我們剛喝完湯，首領鼠就高聲道：「現在打起精神！**去幹活吧！**」

我們立刻鑽出帳篷，把村民帶到那隻猛獁象倒下的地方。我們用粗**繩子**把牠綁好，然後抓緊繩子，**齊心協力**拉起來……

嘿喲……拉啊！

嘿喲嘿喲……拉啊！拉啊！拉啊！……拉啊！

嘿喲嘿喲……拉啊！拉啊！

我突然腰痛得受不了，好像誰把我折成了兩半，不得不停了下來。他們讓我待在一旁休息。我覺得渾身僵硬，就像是一條冰凍鱈魚！

害羞的 大傻瓜

　　大家的臉上充滿喜悅，因為這年冬天，村裏的老鼠不會餓肚子了……

　　我注意到部落裏少女鼠似乎很喜歡賴皮。賴皮做出殷勤的樣子，滿嘴的甜言蜜語，而少女們則競相給他獻上美味的食物！

　　「這位甜美的小姐，請再給我拿一塊烤肉，你親手遞過來的格外美味！而這一位笑得像蜜糖一樣甜的小姐，請再給我拿一塊烤肉！」

為你準備的！

吧唧！

嘻嘻！

拿着！

……話！

我聽見身邊的兩隻少女鼠低語道：

「那位賴皮伍德，是一隻**了不起**的老鼠……」

「**太有魅力了！**」

「首領鼠的妻子的妹妹的表姐的女兒告訴我，賴皮伍德還會研製**藥水**，說不定他也是一位醫師！」

「可不像那位不中用的謝利連摩伍德，只長了一點點的**肌肉**，或者乾脆說一塊肌肉也沒有……整天縮在角落裏，一句話也不說……」

我感到尷尬，**漲紅了臉！**

和往常一樣，我又扮演着傻瓜的角色：我這隻鼠非常、非常非常、非常非常非常害羞……

潘朵拉聽到了她們的對話，**尖聲叫起來**：「你們怎麼能這麼說謝利連摩伍德？他可是我們……呃，我們部落裏著名的首領鼠！」

「真的嗎？那他能為他的部落做些什麼？」其中一隻少女鼠問道。

我的臉像辣椒一樣**紅**，於是班哲文替我回答道：「他很會講故事！」

剎那間所有的老鼠安靜下來，他們讚歎道：

「**嘩啊啊啊啊啊啊啊**──！」

菲幫腔道：「在我們生活的地方，所有的老鼠，我說的是所有的老鼠，都想聽他講故事！」

這時**部落**的首領鼠說道：「能夠招待這樣一位偉大的故事家，我們感到無比榮幸。請你給我們講個故事吧，遠道而來的著名**故事家**！要是你的故事十分動聽，我們就把它講給我們的孩子們聽，我們的孩子們再講給我們的孩子們的孩子們聽⋯⋯

我們的孩子們的孩子們的孩子們再講給他們的孩子們聽⋯⋯

我們的孩子們的孩子們的孩子們的孩子們再講給他們的孩子們聽⋯⋯

我們的孩子們的孩子們的孩子們的孩子們的孩子們再講給他們的孩子們聽⋯⋯

直到太陽**照亮**白日，月亮照亮夜晚。」

於是，我當場編了一個故事，講述了我們當天的冒險經歷⋯⋯

　　我講着故事，身邊的聽眾一會兒大笑不止，一會兒又淚流滿面。這個故事一波三折，所以才讓他們又哭又笑的……

　　我滔滔不絕的同時，一隻老鼠在山洞的牆壁上刻着漂亮的圖畫。他叫做藝塗鼠，是部落裏的藝術家！

　　他用大地一樣熱情的顏色，將我的故事繪畫成生動的圖畫，我感到無比榮幸。

　　我這樣講了好幾個小時，所有的老鼠都屏住呼吸，忘情地聽着我的講述。最後，我故事中的每一幕都被畫在山洞的牆壁上……

會說話的圖畫

　　講完故事，我來到那隻**畫畫**的老鼠身旁。我不禁讚歎問道：「這些壁畫真漂亮啊！

你是用什麼顏料來畫畫的呢？」

　　藝塗鼠小聲說道：「跟我來吧，外來鼠，我來告訴你我作畫的**秘密**！」

藝塗鼠

　　說罷，他拿起了一枝點燃着的木，把它用作照明。然後，他在前面領路，我們沿着一條**狹窄**的通道緊隨其後。

　　最後，來到一個小小的**山洞**裏。

　　我們到達那裏後，他取來一些**堆放**在角落裏的乾木柴，在山洞中生火。

面部肌肉的時候，他都會命令道：「請保持微笑！」

　　就這樣，藝塗鼠鑿啊鑿，鑿啊鑿，忙了一整個晚上⋯⋯

　　到了清晨，藝塗鼠終於完成了他的作品，說：「完成了！你們覺得怎麼樣？」

　　我走過去仔細瞧了瞧：「啊，是，是有幾分像⋯⋯」

　　不過，我們無法開心地向他道謝，因為傻笑了太長時間，我們的嘴巴早就僵了⋯⋯

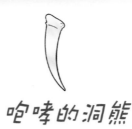

咆哮的洞熊

　　隨後，藝塗鼠帶領我們來到附近的小山洞，從那裏傳來清脆而富有節奏感的敲打聲響：「**咚咚！咚咚！**」

　　一隻矮壯的原始鼠站在山洞裏，他手裏拿着鑿子，正在打磨一塊石頭，似乎想把它弄得更加**鋒利**一些。

　　藝塗鼠在他肩上狠狠地拍了一下，那力氣幾乎能打昏一頭公牛，問道：「鑿子鼠表哥，你最近怎麼樣啊？感覺我們已經有好幾個**冰期**沒見面了……」

　　那隻老鼠給了他一個緊緊的擁抱，那力氣仿似能**壓垮**一頭公牛。鑿子鼠的聲音十分洪亮：「藝塗鼠表弟，歡迎來到我的山洞！」

　　鑿子鼠是部落裏的工匠，他向我們解釋道：「我正在**製作**一枚箭頭，做好之後我要把它裝嵌在木

棍裏，最後用猛獁象的筋腱繫好。這些則是**骨頭**做成的魚叉和矛頭。」

接着，鑿子鼠給我們指了指一堆削尖的小塊燧石：「我們用**燧石**擊打木棍，這樣就能摩擦出火星，從而生出火苗。」

就在這時，藝塗鼠一臉嚴肅問道：「喂，朋友們，你們聽沒聽到**轟隆聲**？」

我感到驚訝：「呃……並沒有，我什麼也沒聽見呀。」

賴皮嘟噥着說：「嗯，可能是我的肚子吧……**我的史前肚皮餓得咕咕叫！**」

呃……

藝塗鼠擔憂地繼續說道：「外來鼠，你們怎麼會聽不見？難道你們的耳朵被猛獁象**油脂**糊住了嗎？」

我扯了扯耳朵細聽，但還是什麼都沒聽見。

鑿子鼠擦了擦流到鬍鬚上的冷汗，說：「呃，藝塗鼠表弟，以一千根彎彎象牙的名義發誓，希望這不是我想的**那樣**⋯⋯」

「但恰恰是你想的**那樣**⋯⋯」

這時，就在這時，我也聽到了**奇怪的**聲響⋯⋯**非常奇怪的**聲響！像是機器發出的轟隆聲⋯⋯不，更像是動物的咆哮聲！這聲音似乎從山洞**黑暗的**角落裏傳來⋯⋯

嗷嗷嗷嗷嗷！！！

呃！

我也開始嚇得一身**冷汗**，但是我不想讓班哲文和潘朵拉看出我的恐懼，於是我結結巴巴道：「**別……別害怕，孩……孩子們，有我在呢！**」

潘朵拉十分了解恐龍，她安慰我道：「放心吧，啫喱叔叔，在這個時期，恐龍早就滅絕了。」

我如釋重負地歎了口氣：「哎，對啊！」

班哲文想了想，說道：「是的，在舊石器時代生活着**可愛的**小動物，比如說洞熊，再比如說……」

「……劍齒虎！」潘朵拉搶答說。

我的**鬍子**嚇得直發抖，問道：「牠們是草食性動物，還是肉食性動物？」

班哲文和潘朵拉異口同聲回答道：「都是肉食性動物，啫喱叔叔！」

就在這時，在**火光映照**下，石壁上投射出一團**漆黑的影子**——原來是一隻體形巨大的洞熊。牠長着一身深色的毛皮，依靠後肢的力量將身體直立，準備發動攻擊……

我們被嚇得**一動不動**，連嘴巴都張不開。幸好，菲向來身手敏捷，及時拯救了我們。

她像**閃電**一樣迅猛，抄起一根點燃的樹枝，對着牠的臉揮動起來，同時大吼道：

「**滾！滾遠點！**」

緊接着，她對我們發號施令：「快像我這樣做，如果你們不想被剝掉皮的話！」

我的**牙齒**嚇得直打顫，不過想到躲在我身後的班哲文和潘朵拉，我鼓起勇氣，拿起着火的**樹枝**，對着牠的臉揮舞起來。

我試着安慰身後的孩子們：「別害怕，一切都在我的掌控之中！」

那隻洞熊發出恐怖的**咆哮**，不過牠不敢發動進攻，因為牠怕火。

眼看我們的**火把**馬上就要熄滅了,真糟糕! 再過幾分鐘,我們就會成為……洞熊的盤中餐!

突然間,發生了一件非常、非常非常、非常 非常非常奇怪的事。

洞熊彷彿受到了驚嚇,牠抬起頭,抽動鼻子, 好像聞到了什麼。只見牠皺了皺鼻子,又皺了皺鼻 子,最後夾着尾巴飛快**溜走了**。

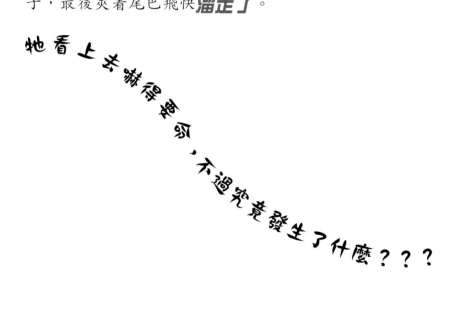

牠看上去嚇得很夠嗆,不過究竟發生了什麼???

一頭扎進時空裏

　　我們以為一切危險就這樣解除了，於是放下手中尚未熄滅的**火把**。

　　藝塗鼠長吁了一口氣，説：「呼，幸好洞熊走開了。」

　　説着，他又**豎起**耳朵，一臉狐疑地説：「咦……」

　　連鑿子鼠也**掏了掏**耳朵，然後嚇得臉色慘白。

吼吼吼吼

他突然發出驚恐的叫聲，手中的木棍嚇得旋轉起來：「嘩啊！不！走了一個**牠**，是因為……來了另一個**牠**！」

我們慌張地叫道：「這個『**牠**』是？」

這時山洞的牆壁上映射出一個**恐怖的影子**。片刻之後，一個碩大又兇猛的野獸猛然撲到我們面前。牠長着一身**紅毛**和尖尖的長牙，準備向我們發動襲擊……

原來是一隻劍齒虎！

救命啊！！！！

嘩啊啊啊！

菲叫道：「別害怕，我有一個主意！不過每隻老鼠必須看準時機，完成各自的任務，不然我們就真的完蛋了！此外，我特別需要藝塗鼠和鑿子鼠的幫助……」

他們**大聲叫道**：「你們需要做什麼，儘管告訴我們。你們解決了我們部落的饑荒問題，現在輪到我們從老虎口中救下你們！」

菲回答道：「謝謝！你們聽好了。你們待會去弄一些**粉末**，然後把它撒到劍齒虎的**眼睛**裏，給我們爭取逃跑的時間……」

菲對着劍齒虎不斷揮動手中的火把，牠嚇得不敢靠近。菲轉過頭，壓低聲音，對我們說道：「與此同時，我們要拚了命跑到時空大門那裏……謝利連摩**按下**黃色的按鈕之後，我們要一頭**跳**到門裏去。大門關閉時發出的『嘭──』的一聲會把劍齒虎嚇跑……」

菲解釋完畢，對我們叫道：「聽明白了嗎？」

我們點了點頭，她接着叫道：「那麼，跟着我

的口令來……**三……二……一！**」

剛數到一，我們的兩位朋友就發動腳爪，把山洞地面上的粉末劃到半空中，升起一團煙霧。

他們把**粉塵**潑向劍齒虎的眼睛，讓牠刺痛得驚慌失措，亂成一團。

我們趁機**衝出**山洞，外面的陽光讓我們睜不開眼，但是我們打起精神，奮力朝着**時空大門**跑過去！

嗷嗷嗷嗷！

大門就在那兒！就在小路的盡頭！就是我們最開始抵達的地方！

　　我們跑得上氣不接下氣，終於**抵達**門口。我急急忙忙尋找那個黃色的按鈕，可是我的眼鏡掉在了地上，什麼都看不清！

　　我們朋友們驚恐地大喊道：

「謝利連摩！　開門！　快開門啊！」

我在地上摸來摸去，終於找到了眼鏡，不過它被泥漿弄髒了，我還是什麼都看不清。

我從未如此絕望！

　　要是沒及時按下按鈕，不光我會被**老虎**吃掉，我的朋友們也會有生命危險！

　　我決定不戴眼鏡，放手一搏。

　　我**瞇着眼**，隨機選好一個按鈕，**用盡全力**按下去。大門中打開一條通道，我們一頭扎了進去。

　　時空大門慢慢關閉，最後發出「**嘭————**」的一聲，我們*再次踏上了穿越時空之旅*。冰河時期的冒險之旅已經結束，但是我們的下一站仍是未知數⋯⋯

穿越時空旅行

史前熊齒項鏈

所需材料：

- 1 盒泥膠
- 1 條棕色皮繩（大約 50 厘米長）
- 白色和黃色廣告彩各 1 支
- 1 隻水彩碟 ● 1 枝畫筆 ● 1 枝牙籤

1. 首先，用泥膠捏出一個大約4厘米高的圓錐體，接着用同樣的方法製作六個大約3厘米高的圓錐體。

2. 用手指將圓錐體的頂點磨圓，接着輕輕捏歪，做成熊齒的形狀。

3. 將牙籤穿過「牙齒」的底部，刺出一個可以穿過皮繩的小孔，把所有「牙齒」依照此方法處理。將這些「牙齒」靜置幾天，自然風乾。

4. 在水彩碟上擠出一些白色廣告彩，並加入少量黃色廣告彩，接着給「牙齒」上色，等待顏色乾透。

5. 將最大顆的「牙齒」穿在皮繩正中間，並在兩邊打結固定，然後在每一邊分別串上三顆「小牙齒」。

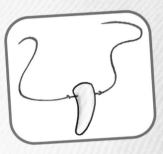

6. 確定項鏈能夠從頭部穿過、戴在脖子之後，將皮繩兩端打結固定。

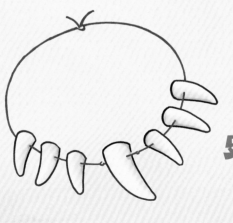

這樣，你的
史前熊齒項鏈
完成了！

薄荷葉茶

賴皮狼吞虎嚥吃得到撐着肚子了，怎麼辦？不用擔心，我們一起來製作一杯促進消化的薄荷葉茶吧！

所需材料：
- 水約300毫升
- 新鮮的薄荷葉（1茶匙）
- 蜂蜜（按照個人口味添加）

準備時間

15分鐘

動手之前，一定要尋求大人的幫助呀！

1. 向燒鍋裏添加水，然後讓大人把水燒開，並將燒鍋從爐灶上取下。

2. 向熱水中添加薄荷葉，靜置10分鐘。

3 在大人的幫助下，用濾勺過濾葉子，將薄荷葉茶倒入杯子。

4 根據自己的喜好加入蜂蜜，趁熱喝掉。

可以幫助
消化……
嗝——！

來自過去的石頭

所需材料：

- 大塊鵝卵石（最好是扁平些，比你的手大一點）
- 1小塊炭條
- 1枝啡黃色顏料
- 1枝舊牙刷
- 1個容器
- 1枝畫筆
- 1張舊報紙
- 1枝鉛筆

1. 徹底洗掉鵝卵石上的泥土，之後晾乾，直到表面不再濕潤。

2. 在桌子上鋪上一張舊報紙，把手按在石頭上，用鉛筆描繪出手掌的線條。

3. 用炭條把手掌的內部塗黑。為了製造出「史前時期」的效果，你可以用手指肚輕輕擦淡邊緣的顏色。

4 在容器內加少量水，稀釋啡黃色顏料，並用畫筆攪拌均勻。

5 把左手按在石頭上，完全蓋住已經被炭條塗黑的掌印。

6 把牙刷頭浸到顏料中，一邊用手指摩擦牙刷頭，一邊將濺出來的顏料灑在手掌四周。（建議在報紙上事先練習幾次，以便完全掌握該方法。）

7 移開手掌，等待顏料乾透，就完成了！

考考你

你了解原始人的生活嗎？

❶ 在更新世，我們的祖先為了生存下來，會做些什麼？

a） 什麼都不做，在這個山洞躺一會，再去那個山洞逛一會。

b） 打獵、捕魚、採集漿果和樹根。

c） 在工廠裏工作。

❷ 原始人吃什麼？

a） 只吃蔬菜，因為他們都是素食主義者！

b） 只吃烤熟的食物，因為他們覺得烤熟的食物更美味。

c） 既吃抓到的動物，又吃採集到的漿果和樹根。

❸ 原始人如何生火？

a） 用火柴。

b） 摩擦木棍或石頭，打出火花。

c） 原始人不會生火。

④ 我們的祖先住在哪裏？

a) 住在山洞裏，或者住在用猛獁象骨頭、猛
獁象毛皮建造的帳篷裏。

b) 住在100多層的摩天大樓裏。

c) 和其他幾戶人家一同住在大農場裏。

⑤ 原始人穿什麼樣的衣服？

a) 他們對獵物的毛皮進行加工處理，最後縫
製成衣服。

b) 休閒服裝，比如說牛仔褲、運動服、連帽
衫，因為他們喜歡穿得舒服一點！

c) 沉重的盔甲。

⑥ 猛獁象於何時滅絕？

a) 它們在自然保護地生活
着，並沒有滅絕。

b) 幾十年前。

c) 500萬年前。

答案：1-b, 2-c, 3-b, 4-a, 5-a, 6-c

我們即將再次展開穿越時空之旅……
一起去探索古希臘文明，
這真是一場緊張刺激的冒險，
以一千塊莫澤雷勒乳酪的名義發誓！

前往全新的目的地

時空大門發出「嘭──」的一聲，接着關閉了入口。我們即將抵達全新的目的地。**不過，這次要到哪裏去呢？**

我使勁回想，終於想起一件事，雖然我的眼鏡弄丟到地上了，什麼也看不清，但是我確定按下的是從上往下數的第二個**按鈕**，也就是那個白色的按鈕！那麼，根據伏特教授出發前的叮囑，我們**前往**的應該是古希臘時期！

我看了看菲，又看了看賴皮和班哲文，過去時代的一幕幕影像圍着我們飛快地閃動，那些數不清的陌生影像就像漩渦一樣打着轉⋯⋯突然間，所有的運動停了下來──**我們來到了下一站！**

古希臘時期

公元前 434 年的雅典城！

我們走出**時空大門**，發現自己來到了絕美的仙境。頭上的藍天一覽無遺，一朵雲的影子也看不到。

這是一個**春天**的清晨，**陽光明媚，微風習習**。

太陽把我們曬得暖烘烘的，不過那裏**涼爽**的空氣讓我的鬍子發癢。

在這處的自然風光美麗如畫，附近的海面起伏不定，橄欖樹和開着花的灌木叢四處可見……

我們換好古希臘的服裝後，當我轉過身時，發現時空大門隨即慢慢和周圍的景色**融為一體**——它變成了一間廢棄房屋的大門。

只有我們知道，它可不是一扇**普普通通**的門！只有我們才能穿過它，前往不同的目的地。

我四處眺望，看到有一座城市坐落在遠處的**山上**，興奮地告訴大家：「看，那裏就是**雅典城**！」

就在這時，我聽見奇怪的聲響：

「吧唧，吧唧，吧唧！」

誰在啃東西？

「吧唧，吧唧，吧唧！」

喂喂喂？？

吧唧！

噴啊噴，噴啊噴，噴啊噴，噴啊噴……
噴啊噴，噴啊噴，
噴啊噴，噴啊噴，

牠接着猛地**撞向**我的屁股!

我的天啊，痛死我了!

我們好不容易準備出發了，萬事俱備!我們的
古希臘之旅真是一波三折……

唉喲!

嘭!

嗶啊……

我揉了揉我那可憐的屁股,抬起頭遠望雅典城。它有一道**很長、十分長、非常非常長**的城牆將它緊緊包圍,一直蜿蜒到港口的位置。

我嘟噥着説:「我們怎麼溜進去啊?」

這時,潘朵拉説:「我們可以**游泳**到港口那裏,然後再溜進城裏。」

「*什麼什麼什麼?游過去?*」我尖叫道,「我可不想游泳,現在是三月份,海水很冷啊!」

這個機靈鬼回答道:「**啫喱叔叔**,你要是不樂意的話……

那我們 只好去 爬那面 很高、 很高、很高 的城牆……

然後,給城裏的士兵當**靶子**用!你看到底哪個更可怕,冰涼的海水,還是高牆?」

140

我可不想自己的屁股再中一槍……於是一頭跳進水裏!

啊啊啊啊啊!

海水**冰涼刺骨!**

海浪一波高過一波,一波高過一波、一波高過一波、一波高過一波、一波高過一波、一波高過一波……

堅持住!

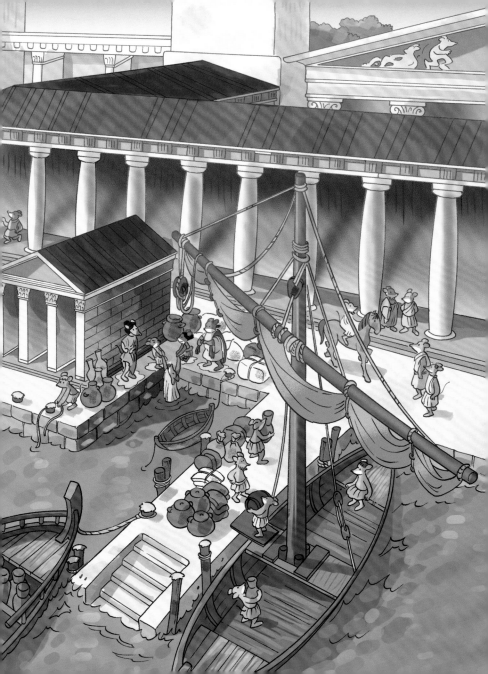

知多一點點……古希臘時期

公元前2000年，原本生活在中亞地區的亞該亞人來到了希臘南部的伯羅奔尼撒半島。

島上分布着他們早期生活的聚居地。這些聚居地規模不大，因為山地的阻隔，彼此之間相互獨立。

雖然他們有着相似的宗教和文化，不過為了爭奪珍貴的肥沃土地，彼此間戰爭不斷。

公元前1600年，亞該亞人一手建立起的城市——邁錫尼實現了政治和貿易擴張，這段時期被稱作「邁錫尼時期」。

公元前1100年，另一個民族——多利安人入侵希臘。他們的到來標誌着「希臘黑暗時代」的開啟。

城邦與殖民地

　　兩個世紀後，城市人口開始復蘇，真正意義上的城邦在此時誕生，例如雅典、科林斯、德爾斐、斯巴達。沒過多久，為了謀求新的貿易出路，希臘人來到地中海和黑海地區，並建立起自己的殖民地。

守護神

　　每座城邦都有一個自己的守護神，而智慧女神、戰爭女神雅典娜就是雅典城的守護神。

　　每年雅典城的居民都會慶祝泛雅典娜節，也就是紀念雅典娜女神的節日，每四年他們還會慶祝大雅典娜節。節日期間他們載歌載舞，展開競技比賽，舉辦巡演。

波希戰爭

　　希臘的城邦聯合起來，共同對抗波斯人，並在馬拉松戰役（公元前490年）、薩拉米灣海戰（公元前480年）、普拉提亞戰役（公元前479年）中打敗了他們。

伯羅奔尼撒戰爭

　　戰勝了波斯人之後，雅典人將自己的領土擴張到了整座希臘半島，並延伸到愛琴海岸，這激化了他們和斯巴達人之間的矛盾。雙方曾嘗試解決領土糾紛。不過，在公元前431年，彼此間爆發了一場長期的戰爭，這場戰爭叫做伯羅奔尼撒戰爭，以公元前404年雅典人的失敗而告終。

馬其頓的統治

　　馬其頓的勢力日益壯大。公元前336年，亞歷山大大帝征服了整座希臘。公元前146年，希臘變成了羅馬的一個行省。

佩拉
塞薩洛尼基
拉姆普薩卡斯
艾瓦利克
拉里薩
阿爾塔
德爾斐
底比斯
伊茲密爾
哈爾基斯
以弗所
雅典
梅格洛玻利斯
科林斯
米利都
阿爾戈斯
哈利卡那索斯
斯巴達
克諾索斯

古希臘地圖
公元前五世紀

古希臘時尚服飾

女性服飾

　　古希臘女性平時會穿**長長的丘尼卡**，並露出胳膊，肩膀上的別針起到固定衣服的作用。冬天的時候她們則會換上能遮住上肢的**佩普洛斯袍**。

　　為了保暖，她們還會加上一件男式**披風**，並把頭遮住。

　　把漿果和石頭搗成粉末，就能製成染料。想要完成女性服裝的染色，則需要將粉末溶於水中，再把羊毛或者亞麻布料放在裏面浸泡。

　　她們穿着露腳的涼鞋，以皮質的鞋帶一直纏到腳踝處。

髮型與珠寶

　　古希臘女性經常將絲滑的綢帶纏在頭的四周，起到裝飾的作用。此外，她們還喜歡佩戴金耳環、金項鏈、精細加工過的石頭。這些飾品可以當作護身符，驅散不幸。

漫步雅典街頭

我們走啊走，走啊走，一直走着直至腳爪都要**冒煙**了。我開始感覺身體不適，身體累壞了，別忘了，我已經**着涼了**⋯⋯⋯

乞嚏！

我們身邊有很多行色匆匆的老鼠，他們大步流星，朝着城中心趕過去。

我們繼續走啊走，走啊走，走啊走，一直走到了**上午**十一點！

最後，我們來到了一片廣闊的廣場上。

我激動得吱吱叫起來：「我們竟然來到了**阿哥拉**，我不是在做夢吧？竟然來到了雅典，竟然來到了文明的搖籃……」

賴皮吱吱說道：「什麼文明的搖籃……我現在更想到文明的餐廳看看！什麼時候吃飯啊？」

「賴——乞嚏——皮，你總——乞嚏——想着——乞嚏——吃！」我回答道，噴嚏打個不停。

而我們身邊的鼠民，熙來攘往，他們有的在討價還價，有的在交談着，有的在叫賣着。

旁邊的攤位上擺放着**布料**、**牲畜**、魚、**蔬菜**、**油**，以及帶有花紋的**漂亮**罐子。

阿哥拉

阿哥拉是古希臘城邦裏的主廣場。它是當時經濟、政治和宗教中心，公民大會就在這裏舉行。在這裏，你還能看到公共建築、宗教場所和市集。

155

進門前，先把腳爪弄乾淨！

我們又累又餓，到**蘇格拉底**家的時候，早已過了正午時分。大師站在門口，對我們說道：「歡迎來我家做客！大家請自便！」

贊西佩尖聲叫起來：「進門前，先把腳抓弄乾淨，我可不想收拾滿屋子的**灰塵**！」

我向她道歉：「**乞嚏**！女士，請原諒我們！請——**乞嚏**！允許我——**乞嚏**！自我介紹一下，我的名字——**乞嚏**！是謝利連摩波斯……他們是**賴皮波斯、班哲文波斯**……**乞嚏**！菲多拉和**潘朵拉多拉**……如果你**乞嚏**！介意的話，我們現在就走……**乞嚏**！」

她歎了口氣：「別走了！」

說着，她一邊為我們準備簡單卻美味的食物。「來，你們嘗嘗這些**橄欖**和剛烤好的**大麥**麵包。」

古希臘住宅

　　古希臘人住的房子十分簡單，一般只有一至兩層，所有的房間圍繞着庭院建成。古希臘女性和奴隸幾乎從不出門，而男性則負責在外幹農活、從事體育運動、參與公眾活動。

我主動幫忙：「需要——**乞嚏！**我……——**乞嚏！**……幫忙——**乞嚏！**搬水桶嗎？」

她喘着粗氣說道：「放下**爪子**！我自己能行！你在哪兒着涼的？」

我彎腰行禮，回復道：「就在——港口那裏**乞嚏！乞嚏！乞嚏！**對了，十分感謝——**乞嚏！**你給我們準備的——**乞嚏！**美味食物！」

她的態度變得溫和起來：「像你這樣有禮貌的老鼠，在整座雅典城都找不到幾個！外來鼠，你從哪裏來？」

我再次鞠躬：「一個非常遙遠的——**乞嚏！**地方……那裏所有的女鼠都——**乞嚏！**備受尊重，她們享有和男鼠同樣的——**乞嚏！**權利……我覺得——**乞嚏！**就該——**乞嚏！**這樣！**乞嚏！**」

菲插嘴道：「可不是嘛，就該這樣！」

贊西佩很感興趣，她坐下來，問道：「**同樣的權利？**你的意思是，你們那裏的女鼠可以投票……還能參加**體育比賽？**」

　　菲吱吱回答道：「當然啦，我還拿過第一名呢！」

　　我們聊天的同時，蘇格拉底正在耐心地向班哲文和潘朵拉解釋什麼是哲學。

　　「『生命的意義』是什麼？這個問題，我們從小就要思考，這也是哲學探究的問題！」

　　接着他在地面的沙子上用希臘語寫下「哲學」這個詞，它含義是「愛智慧」！班哲文和潘朵拉非常好奇，學寫希臘字母的小寫：α、β、γ……

Αα ALPHA	Ββ BETA	Γγ GAMMA	Δδ DELTA	Εε EPSILON	Ζζ ZETA	Ηη ETA	Θθ THETA
Ωω OMEGA							Ιι IOTA
Ψψ PSI							Κκ KAPPA
Χχ CHI							Λλ LAMBDA
Φφ PHI							Μμ MU
Υυ UPSILON	Ττ TAU	Σσς SIGMA	Ρρ RHO	Ππ PI	Οο OMICRON	Ξξ XI	Νν NU

我來教教你，什麼是哲學！

　　贊西佩還在思索我和菲就女性權利發表的「演說」。她歎了口氣：「**我也很想**參加體育比賽！我想成為擲 鐵 餅 比賽的冠軍。你們知道嗎？實際上我經常在訓練！我總把 盤 子 砸到⋯⋯呃⋯⋯我丈夫蘇格拉底的頭上！」

　　説完，她彈了彈蘇格拉底的耳朵：「我很想去**斯巴達**參加體育比賽啊！」

　　蘇格拉底驚歎道：「好主意！」

　　接着，他壓低嗓子嘟噥起來，生怕被贊西佩聽見：「這樣我還能過幾天清靜日子⋯⋯啊，幸好有哲學陪伴我！」

　　贊西佩一邊收拾桌子，一邊**埋怨**道：

「我來教教你，什麼是哲學！

我每天辛辛苦苦維持這個家……而你呢？和朋友在廣場上**閒聊**，一聊就是一整天……這輩子也不會有什麼出息，我一看就知道！整天在那裏聊啊聊，聊啊聊，**嘰咕嘰咕嘰咕**……什麼是生命的意義，生命的意義是什麼……都是逃避幹活的藉口！」

生命的意義是什麼？

「這可不是閒聊，這可是**哲學**，贊西佩！」

蘇格拉底轉過身，對賴皮說道：「現在我給你們演示一下。來來來，年輕的賴皮波斯，你來跟我說說，*知識是什麼*？」

賴皮嘴裏還在大嚼特嚼，回答道：「啊，太簡單了吧！我有很多的*知識*！剛剛在**港口**那裏，我就認識了一大羣活潑的老鼠。只要你開口，我就帶你過去，你就會發現我沒瞎說……」

蘇格拉底**耐心地**解答道：「當然啦，多認識一些老鼠，像你說的那樣，是很有用的。不過你認識的老鼠不能算作*知識*。」

賴皮怪笑道：「啊，你說的是那個知識啊！好吧，謙虛點說，這種知識我也有很多！嘿嘿嘿！我也算是一個**科學家**，不知道這算不算數！不過你呢，蘇格拉底，你又知道些什麼呢？」

蘇格拉底**微笑**道：「聽着，親愛的朋友，我只知道一件事，不過這件事十分十分十分十分重要……是我所知的最重要的事。

「我知道我什麼都不知道！」

這句話深深觸動了我。我曾讀到過這句話，但是聽蘇格拉底親自說出來，我感到**激動不已**！

午餐非常美味，我們的對話輕鬆又愉快！**贊西佩**對我們說：「既然你們要在我們家待上幾天，為什麼不和我們去看看戲劇呢？城裏正在舉辦悲喜劇**大賽**，所有的雅典鼠都會到劇場觀看！」

　　我欣然接受了她的提議，因為我是一個不折不扣的**戲劇迷**！在古希臘看劇的好機會怎麼能輕易錯過，咕吱吱！

　　蘇格拉底宣布道：「那麼今晚，我親愛的朋友們，如果你們樂意的話，就跟我到我朋友家裏參加宴會吧，我偉大的朋友——伯里克里斯＊！」

＊伯里克里斯 (Pericles)：（公元前 495 至 429 年）是雅典最著名的政治家。

戲劇

　　相傳古希臘時代的戲劇文化源於宗教節日祭祀活動，人們載歌載舞以紀念古希臘的酒神——狄俄倪索斯，這很有可能就是戲劇表演的雛型。

　　酒神節在春天舉辦，活動為期5天。所有公民，不論男女均可以參與這場戲劇大賽盛會，還有其他各種宗教慶祝活動，例如巡演、祭祀慶典等等。

　　當時的悲劇人物角色大多來自神話傳說，或者是歷史名人。悲劇的主題大多為艱難的道德選擇、激情與衝突，結局都很悲慘。

　　而喜劇則是主要講述平常百姓的故事，並且會譏諷當時的政客或者其他著名的人物。

FILOI，朋友們……快請進！

我們走進一座氣勢磅礴的大理石宮殿，有一隻又**高**又**壯**的老鼠迎接我們。他留着一小撮又**濃密**又**髮**的鬍子，臉上充滿自信，看起來氣度非凡：「Filoi*，快請進！」

我說道：「呃，**菲**，**潘朵拉**，你們不能參加宴會！我並不贊成這種做法，不過在這裏，只有**男鼠**才能進去……」

菲和潘朵拉滿臉不情願，來到了一個單獨給女鼠聚會的房間。

而我們則來到一個宴會大廳，那裏**火光**通明，十分熱鬧。在大廳裏，擺放了幾張木製躺椅，那些與會者都是躺在椅上一邊享用食物，一邊在討論；在旁還有一些樂手在演奏着悠揚的樂曲。

＊*Filoi*：希臘語的意思是「朋友們」。

呃，他到底在說什麼呢？

我的表弟總會給我惹麻煩！

沒過一會，賴皮得意洋洋地對着我的耳朵嘰咕道：「我給你準備了一個 **驚喜**！我幫你報了名參加悲劇大賽！我相信你一定會拿到冠軍的，為此我還賭上了不少德拉克馬（古希臘的貨幣）！千萬別讓我出醜啊，拜託你了！」

我舌頭打結說道：「*什什什什什麼？* 難不成我要和大名鼎鼎的蘇福克里斯、歐裏庇得斯一比高低？」

他 **彈了彈** 我的鬍鬚：「你很開心，是吧？」

「一點也不！」我滿臉愁容地尖叫道。

賴皮抽了抽鼻子，說道：「你最好還是乖乖寫一齣 **悲劇**！你的人生不就是一齣『**悲劇**』嘛？不是因為這個變成 **悲劇**，就是因為那個……」

「可是我不會寫悲劇！」

「拜託，你忘了自己三流作家的身分嗎？也該努力一下了，加油！」

會飲

　　按照古希臘人、古羅馬人的習俗，「會飲」是宴會的第二階段，此時在座的賓客會歌唱、跳舞、玩遊戲或者吟詩。總而言之，他們在這種社交場合中盡情享樂。

我簡直無法相信，觀眾們真的在為我們熱烈地
鼓掌！

　　所有的老鼠都在高呼我的名字：

謝利連摩波斯・史提頓波斯！

　　我們幾個手拉着手爪，對着觀眾鞠躬謝幕。

　　接着，古希臘的執政官，也就是
悲劇大賽的組織者朝我們走過來（他也負責督促有
錢的公民鼠付帳單，比如說合唱團裏的指揮鼠）。
他手爪裏高高舉着精美的獎盃。

我們勝出了！

　　他對我們說道：「恭喜！《史提頓記》被評為
最佳喜劇……」

　　我正想向他解釋，告訴他我寫的是一部悲劇：
「呃，其實……」

　　就在這時……

197

菲用胳膊一把拉住我的身體右邊……

潘朵拉用**手肘**一把頂住我的身體左邊……

賴皮**踢了踢**我的小腿。

班哲文假裝**咳嗽**起來。

我這才明白，與其告訴他我寫的是**悲劇**，不如就假裝自己寫的是**喜劇**吧！於是，我趕緊彎腰，向他致謝！

長袍失蹤之謎

演出結束的第二天，伯里克里斯、蘇格拉底還有我們剛結識的朋友，陪同我們去**阿哥拉**散步。許多當地民眾朝我們微笑，對我們打招呼，祝賀我們。想到自己*打賭*贏來的那些錢，賴皮十分得意，還對伯里克里斯吹噓起來。伯里克里斯心不在焉地聽着，臉上露出了十分**擔憂**的神情。

於是，我問他：「尊敬的伯里克里斯，你把我們當朋友一樣款待，我們能幫你做些什麼嗎？」

他沉着臉，低聲說道：「發生了非常嚴重的事件，謝利連摩波斯，說不定你們真的能幫到我。請跟我來，我們到**衛城**那裏去……」

我們跟在他身後，一路向上爬，突然間**巴特農神殿**出現在我們眼前！真是雄偉壯觀啊！

我到他那裏的時候，已經是**傍晚**時分了。

菲、潘朵拉、賴皮和班哲文早就到了，他們坐在大藤架的影子下，激烈地**談論**着什麼。

我問道：「你們發現什麼了嗎？」

賴皮垂頭喪氣道：「我一點頭緒都沒有，港口那裏的**溝鼠**無趣死了，就像是發了霉的乳酪。我走遍了所有臭名昭著的場所，踏遍了所有黑漆漆的巷子，遇見的鼠民都在抱怨，因為他們都很缺錢。不過，我倒是沒聽説誰偷了東西，或者搶了東西……這些老鼠**一無所知，一無所知，一無所知**……」

我説道：「謝謝你，賴皮，其實這也是一條**線索**。他們都一無所知……」

奇怪，真奇怪……

菲和潘朵拉同樣沒有發現任何值得注意的事。那些繡女沒説誰的壞話，也沒有對這個案件進行揣測，她們只是在擔憂如何在這麼短的時間內重新做

出一件長袍！

這時候班哲文說道：「很抱歉，叔叔！我也什麼都沒發現。我一整天都在和**雅典城裏的孩子**玩耍，但是他們沒有注意到任何奇怪的事。」

潘朵拉這時說道：「我同樣一無所獲，但是我認識了一個新的朋友——一個**可愛**的女孩，她參與了長袍的準備工作。不過她年紀太小，只能幫其他的繡女把彩線整理好……她的夢想是成為一名真正的繡女。她叫**梅麗莎**，這個名字在希臘語中的意思是『**蜜蜂**』！不難想像，她非常喜歡吃蜂蜜做成的甜品，她還給我嘗了一塊呢！」

我恍然大悟：「以一千塊莫澤雷勒乳酪的名義發誓！潘朵拉，你知道你的朋友住在哪兒嗎？我們現在就過去和她談一談！」

都是蜂蜜惹的禍！

　　我們來到城裏**最貧窮**的區域，在一間簡陋的小屋前停下了腳步。

　　我們敲了敲門，過來開門的正是梅麗莎。她是一個很有禮貌的女孩，看上去還有些害羞。我輕輕彎下腰，發現她並沒有盯着我**眼睛**看。

　　我握了握她的手爪，説：「非常高興認識你，梅麗莎。我是謝利連摩波斯·史提頓波斯！」

　　我縮回手爪，發現上面**沾滿了**⋯⋯蜂蜜！

　　於是，我盯着她的眼睛問道：「梅麗莎，你喜歡吃**蜂蜜**嗎？」

　　只見她興奮地回答説：

「啊，是的！非常非常喜歡！」

　　「每天都會吃嗎？」

　　「嗯，是的！我們在房子後面養了蜜蜂⋯⋯」

我一改語氣，變得嚴肅地問道：「**梅麗莎，你為什麼偷走了女神的長袍？**」

她突然**放聲大哭**，說：「我，我沒有偷走它！……我只是把它藏起來了！因為我把它弄髒了！我在長袍上弄上了一塊**非常大片**的污漬！」

我摸了摸她的耳朵：「遇到麻煩的時候，一定要尋求幫助，在這一點上你做錯了。」

「不過，不過……我**害怕**他們罵我，這樣我再也沒機會成為一名繡女了！」

213

潘朵拉抓過她的手爪：「梅麗莎，你這樣做只會讓事情變得更加**糟糕**……」

我繼續說道：「潘朵拉說的對。現在你應該補救自己的過失，不然伯里克里斯會因為你而惹上大麻煩！」

賴皮趕忙**跑**去通知伯里克里斯，我們則在想補救的辦法。

潘朵拉說：「梅麗莎，你把**長袍**藏在哪兒了？或許我們可以補救一下……」

梅麗莎從牛棚的稻草堆下取出**藏起來**的長袍……上面沾了一大片十分明顯的

黃色蜂蜜污漬。

潘朵拉發愁地叫起來：「很大片污漬啊！根本沒辦法去掉！」

潘朵拉和梅麗莎憂鬱地**盯着**長袍，菲卻靈機一動：「我有辦法了！」

她從背包裏翻出自己的**珍珠**繡花牛仔褲，叫道：「我們把上面的珍珠拆下來，然後把它繡在長袍的污漬上！」

「好的，不過我們要**繡上**什麼圖案呢？」

梅麗莎建議道：「貓頭鷹怎麼樣？它是雅典娜女神的聖鳥。」

菲、梅麗莎和潘朵拉忙了一整個晚上，我們則在一旁講故事、說**笑話**，給她們解解悶……

　　「裁縫絕對不會使用哪種布？答案是——*瀑布啦！哈哈哈！！！*」

　　第二天清早，新的繡花圖案終於弄好了……它**美極了**！

　　我們把長袍裝到小推車上，然後用一大塊布料遮蓋嚴實，接着向神廟出發。**伯里克里斯**和**女祭司**正在那裏等着我們呢！

　　梅麗莎臉色蒼白，潘朵拉牽着她的手爪，試着讓她放鬆。

　　伯里克里斯**皺着眉頭**，朝我們走過來。

　　梅麗莎撲通跪下來，在他面前哭起來：

「請原諒我，是我偷走了……」

　　伯里克里斯捧起她的小臉，說道：「梅麗莎，你的確犯了錯，但是你意識到了自己的錯誤……所以我原諒你，看在**雅典娜**——智慧女神、戰爭女神，以及我們城市守護神的份上。」

217

古希臘眾神

宙斯

眾神之神，
天神，雷神。

赫拉

宙斯的妻子，
婚姻保護神。

波塞冬

宙斯的哥哥，統治
大海和湖泊的神。

得墨忒耳

宙斯的姊姊，
大地和豐收女神。

赫斯提亞

宙斯的姊姊，
爐灶女神。

阿瑞斯

宙斯與赫拉的
兒子，戰神。

阿芙洛狄蒂

宙斯的女兒，
愛神，美神。

阿波羅

宙斯的兒子，
音樂和詩歌之神。

雅典娜

宙斯的女兒，智慧
女神，戰爭女神。

赫淮斯托斯

斯與赫拉的兒子，
火神，匠神。

赫耳墨斯

宙斯的兒子，諸神
使者，旅行之神。

阿耳忒彌斯

宙斯的女兒，森林
女神，狩獵女神。

女祭司看到修補好的長袍，說道：「**很美的繡花，難以置信！**」

梅麗莎臉上流露幸福的笑容，菲和潘朵拉對着彼此眨了眨眼。女祭司朝梅麗莎走過去，把自己的手爪搭到她的肩上。

「你真棒，梅麗莎！你竟然把它修復得這麼好，等你長大了，也會成為替雅典娜女神效力的眾多繡女中的一員。」

梅麗莎**非常高興**，她興奮地說：「謝謝你們，現在我明白了，當你遇到困難的時候，一定要去**尋求幫助**，不能用謊言解決問題！」

在場所有的老鼠都感到幸福和滿足……除了賴皮。

戰略⋯⋯撤退！

賴皮搓着手爪，不停地四處張望，好像在擔心什麼。他的鬍子上沁出了一顆顆 **汗珠**⋯⋯

我關切地走向他：「發生了什麼不對勁的事嗎？你覺得不舒服嗎？」

「呃，實際上⋯⋯你還記得我在伯里克里斯家裏打的賭嗎⋯⋯我把錢都輸光了，一乾二淨！因為我們贏下的不是 **悲劇** 大賽，而是 **喜劇** 大賽！現在好了，我欠他們一屁股的債⋯⋯我們必須實施戰略撤退了⋯⋯現在，立刻馬上！！！！！！」

我們戀戀不捨地（並且急匆匆地）告別了朋友們，然後飛快地跑出了雅典城。謝天謝地，我們一下子就找到了 **時空大門**。

　　一羣老鼠朝着我們趕過來，他們怒氣沖沖，大聲高呼：「賴皮波斯，願賭服輸！交出錢來！」

　　我**驚慌失措**，將所有的按鈕胡亂按了一通，我根本不知道下一站是哪裏！

潘朵拉叫了起來：「振作起來啊，啫喱叔叔，按那個藍色的按鈕！**快快快！**」

我不敢**反駁**，乖乖按她說的做，此時此刻我只想逃走，無論去哪裏都比困在這裏好！

這時突然傳來一陣轟響，時空隧道打開了。我們深深吸了一口氣，緊緊拉住彼此的**手爪**，走進時空大門。

我們的古希臘冒險之旅就這樣結束了，全新的**冒險之旅**即將開始。

不過，我親愛的鼠迷朋友們，這將是一個全新的故事，足夠讓你的鬍子激動地飛起來，我以老鼠的名譽保證！

「嘭──」的一聲巨響後，
我們身後的通道入口馬上關閉了。

我們再次走進神奇的
透明時空隧道空間……

頭暈個不停，
暈個不停……

過去時光的
片斷
不停出現在
我眼前……

古希臘沙律

賴皮很喜歡古希臘時代的食物。小朋友，你也可以試試製作一道古希臘沙律。

所需材料：

- 4個熟透的番茄
- 2條小青瓜
- 少許黑橄欖
- 一撮牛至香草粉
- 初榨橄欖油 適量
- 150克菲達乾酪
- 1個洋蔥
- 6片羅勒葉
- 鹽 適量
- 胡椒粉 適量

所需時間

20分鐘

動手之前，一定要尋求大人的幫助呀！

1. 首先，把所有蔬菜洗乾淨，然後讓大人把番茄切成薄片。接着，給洋蔥和青瓜去皮，再讓大人把它們切成薄片。

2. 把菲達乾酪切成小塊。洗乾淨羅勒葉，並撕成兩半。在盤子中央仔細地擺上番茄、青瓜和洋蔥片。

3　在蔬菜四周擺上乳酪塊，做成皇冠的樣子。之後加上黑橄欖和羅勒葉，再撒上牛至香草粉、鹽和胡椒粉。

4　端上飯桌前，澆上初榨橄欖油調味。你的古希臘沙律就這樣做好啦！

祝你好胃口！

古希臘面具

在古希臘時代，在戲劇表演中，人們會利用面具以表現不同的角色。小朋友，你也一起來試試製作你的古希臘面具吧！

所需材料：

- 1 個紙碟
- 1 張報紙
- 2 條橡皮繩
- 1 包黃色綢帶
- 1 張卡紙
- 1 支紅色廣告彩
- 1 個釘書機
- 1 個打孔器
- 1 把剪刀
- 1 卷膠紙
- 1 枝鉛筆
- 1 枝畫筆

1. 在紙碟背面，先畫上兩個圓形(記住要跟你的眼睛一樣大，你才能看清楚。)做眼睛，再畫上嘴巴，最後把它們剪下來。

2. 剪下一條5至6厘米長，闊12厘米的報紙，把它輕輕扭緊。

3. 使用釘書機，將扭緊的紙條沿着嘴巴輪廓固定。

4 使用同樣的方法製作出眼睛上方的
眉毛。

5 在卡紙上剪下一個長方形（長15厘
米、闊12厘米），並用釘書機把它
固定在紙碟上，要注意不要遮住眼
睛。用剪刀剪掉長方形的尖角。

6 剪出幾條不同長度的黃色綢帶，並
把它們捲在鉛筆上，用膠紙固定，
然後備用，讓它們變得捲曲，做成
鬈髮。

7 用紅色廣告彩給嘴巴上色。待廣告
彩乾透後，將較短的鬈髮固定在長
方形卡紙中央，做出劉海，較長的
鬈髮則固定在卡紙的兩側。

8 用打孔器在紙碟兩邊耳朵的位置打
出兩個孔，確定好自己的臉的大小
後，綁上橡皮繩。

你的古希臘演員的面具就這樣做好了！

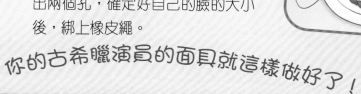

古希臘酒杯

古希臘時代的食器是怎樣的呢？小朋友，你也可以試試製作古希臘的酒杯。

所需材料：

- 1塊紙黏土
- 1個碗
- 1罐光油
- 1枝畫筆
- 1根擀麵杖
- 1支黃色廣告彩
- 1支深藍色廣告彩
- 1隻水彩碟

1. 用擀麵杖把紙黏土推開，直到紙黏土的厚度約為半厘米。把碗倒扣在紙黏土上，做出酒杯的底座。

2. 以紙黏土搓出若干圓條，先將其中一條圍住底座作裝飾。

3 之後在底座上圍上第二條，稍稍超出第一條的邊緣。重複這樣的步驟，直至把紙黏土條都用完。

4 在手上沾點水，然後用手把酒杯的內部和外部抹平，接着用最後的紙黏土條做出酒杯的手柄。

5 紙黏土乾透後，用畫筆給酒杯塗上黃色。最後，用深藍色的顏料，將上一頁的花紋畫上去。待顏料乾透後，再塗上一層光油，再靜置待它乾透就完成了！

（注意：不能用這個酒杯喝東西！你可以把它當作考古珍品進行收藏，或者用來收納一些小玩意。）

古希臘風格存錢罐

1. 在卡紙上畫出兩個和紙筒同樣大小的圓形，然後在每個圓形邊上畫出8個小長方形（如圖示）。

2. 剪下第一個圓形，用它封住紙筒的一端，那些長方形用作接駁條，用漿糊筆黏貼在紙筒上。

3. 在第二個圓形中央剪出一個可以投入硬幣的割口，然後用它封住紙筒的另一端，並把探出來的長方形接駁條用漿糊筆黏貼在紙筒的側面。

4. 把瓦楞紙（注意要坑面向外），用漿糊筆黏貼在紙筒上。

5. 沿着瓦楞紙的紋理剪下一個較寬的紙條，當作紙筒的蓋子。紙條兩端都要超出紙筒頂端至少7厘米的長度。

6. 在紙條中央剪出和第二個圓形同樣大小的割口（見步驟3）。

7. 把紙條貼在第二個圓形上，記住要留意兩個割口的大小一致。把紙條多出來的部分捲起來，並用漿糊固定在紙筒的側面上，做成古希臘建築柱頭的樣子（見右圖）。

8. 用畫筆把柱子塗成白色，待顏料乾透。

完成了！現在你可以用硬幣裝滿它啦！

古希臘風服裝

你喜歡古希臘時期的服飾打扮嗎？小朋友，你也可以試試製作一件古希臘風的衣服呢！

所需材料：

- 1件棉質輕薄白色短袖上衣
- 藍色、橙色馬克筆各1枝
- 1張方格紙板（方格邊長1厘米或2厘米）
- 1個別針
- 1支膠水

1. 將上面的希臘圖案複印三份並剪下來，然後在鋪平的紙板中央，將它們依次貼好，佔滿整個紙板的寬度。

2. 在桌面上鋪好短袖上衣，將貼有圖案的紙板插到衣服裏，紙板上方應該和胸口處平齊，下方超出衣邊幾厘米。

③ 儘量將短袖上衣和紙板緊緊貼合，這樣紙板上的圖案才會透過布料顯現出來。你可以在短袖的上方和下方別上別針，以防止它和紙板脫離。

④ 使用藍色馬克筆，描畫出希臘圖案。接着使用同樣的方法，使用橙色的馬克筆，描畫出袖子上的圖案。

你的古希臘風服裝就做好了！

午間奧林匹克運動會

古希臘人喜歡參與體育運動。小朋友，你也可以多找點朋友，邀請他們參加賽跑、擲鐵餅和接力比賽吧！

所需材料：

- 1個飛碟
- 1卷膠帶
- 1把剪刀
- 橙色和黃色皺紙各1張
- 1張報紙
- 1條裝飾繩子
- 1張A3紅色皺紙

比賽開始之前，先製作接力火炬，
每支隊伍需各自準備一個：

①

把報紙捲成紙球，並用膠帶固定好。

②

剪下幾條皺紙，並用膠帶把它們固定在紙球的中央。

③

在紅色皺紙上剪下一個圓形，這個圓形要遠遠比紙球大很多。然後，把紙球放在圓形皺紙的中央。

④

用圓形皺紙包好紙球，並用裝飾繩子綁緊，但是要注意皺紙條留到外面。

接力火炬這樣就做好了……
你準備好傳遞火炬了嗎？

現在可以舉辦運動會的開幕式了。下面這段話是比賽前的宣誓，所有的運動員都要跟着你宣誓。

我承諾，公平競技，遵守規則，
否則我將被取消比賽資格！

比賽

1. 在進行 **擲鐵餅** 比賽開始前，先要在場地上畫出一個圓圈，我們要站在這個圈圈裏扔飛碟。

   我們可以劃線或者擺放一些標示，通過這樣的方式圈出飛碟落地的有效範圍。

   接下來選出兩名裁判，一個負責在投擲區監督運動員，另一個負責測量飛碟的飛行距離。

   現在……各就各位！

② 在進行**賽跑**之前，要先在場地上畫好出發線和終點線，並要先確定路徑的長度。如果你也想跑一圈，那麼請你去找兩個大人當裁判，一個站在起點，另一個站在終點。運動員應該在出發線後做好準備，然後在比賽中奮力衝向終點！

3 在進行**接力比賽**開始前，需要把
運動員分成不同的隊伍，每支隊伍
最少要有兩名運動員或以上。除了
要畫好出發線，還要畫出接力區。
接力區之間的距離必須相同。運動員
們在接力區傳遞火炬。

在終點線處放上幾個小桶，當火炬台使用。
第一組運動員手持火炬出發，抵達接力區後便將火炬傳遞
給同隊的第二組運動員。
第一個將火炬插到火炬台上（也就是把接力火炬投入到小
桶中）的隊伍就能獲勝。

閉幕式

到了宣布比賽獲勝者的時刻了！

你要在大家面前一一宣布獲勝者的名字，然後給他們頒獎。

根據奧林匹克運動會的傳統，所有的比賽項目結束後將會舉辦一次隆重的宴會，所以你也可以準備一些食物跟朋友們舉辦一個慶祝派對。

考考你

你對古希臘時代認識多少呢？

1 古希臘語中的「阿哥拉」指的是什麼？

a) 一座大型購物中心，內有多個影院的劇場。

b) 城市中的主廣場，是當地的經濟、貿易和宗教中心。

c) 雅典城的著名酒館，蘇格拉底和柏拉圖經常在這裏討論哲學問題。

2 蘇格拉底是誰？

a) 古希臘的知名廚師。

b) 古希臘哲學家。

c) 創造了巴特農神殿和雅典娜巨像的雕塑家。

3 古希臘人口中的「會飲」是什麼？

a) 一種宴會活動，男性賓客會一起娛樂，例如歌唱、跳舞或遊戲。

b) 一種傳統雙人舞蹈。

c) 一種伯羅奔尼撒地區的特產葡萄酒。

❹ 大雅典娜節是什麼活動？

a) 用來紀念雅典娜女神的最重要節日。

b) 古希臘的暑假。

c) 在奧林匹克每四年舉辦一次的體育賽事。

❺ 贊西佩是誰？

a) 雅典城的著名女祭司。

b) 蘇格拉底的妻子。

c) 正義女神。

❻ 佩普洛斯袍指的是？

a) 在古希臘流行一時的靴子。

b) 一種古希臘女性泳衣。

c) 一種古希臘女性服飾丘尼卡，上面帶有褶子，使用精緻的面料做成。

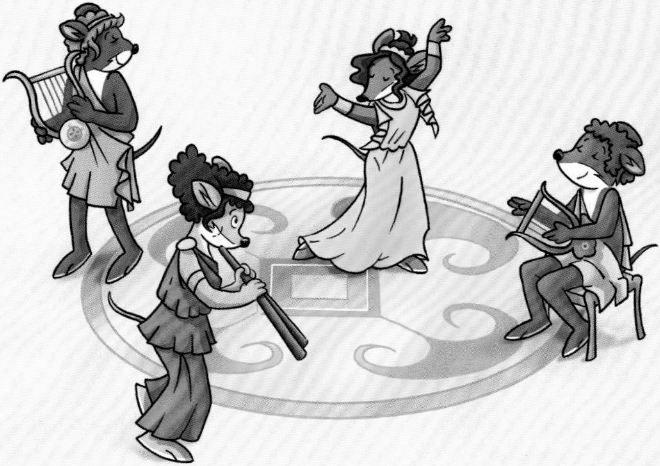

親愛的鼠迷朋友們，
你們喜歡讀穿越時空旅行的
冒險故事嗎？
⋯⋯接下來的冒險同樣精彩，
我以史提頓家族的名義發誓！
請大家期待我下一本新書吧！

謝利連摩‧史提頓

老鼠記者 Geronimo Stilton

全球銷量突破1.66億冊
本港暢銷超過15年

最新出版

⑯ 守護幸福山林

⑮ 黃金隱形戰車

⑭ 追蹤電影大盜

⑬ 寶石爭奪戰

與老鼠記者一起
歷奇探險走天下！

奇鼠歷險記

與謝利連摩一起展開
視覺及嗅覺並重的冒險之旅！

這是一套獨有多種氣味及用上魔法墨水隱藏秘密的歷險故事書。

翻開本系列書，你會聞到各種香味或臭味……還可能會有魔法墨水把秘密隱藏起來！現在就和謝利連摩一起經歷既驚險又神奇的旅程吧！

① 漫遊夢想國

② 追尋幸福之旅

③ 尋找失蹤的皇后

④ 龍族的騎士

⑤ 仙女歌雅不見了

⑥ 深海水晶騎士

⑦ 追尋夢想國珍寶

⑧ 女巫的時間魔咒

⑨ 水晶宮的魔法寶物

⑩ 勇戰飛天海盜

⑪ 光明守護者傳說

⑫ 巨龍潭傳說

勇士回歸（大長篇1）

失落的魔戒（大長篇2）